DIALOGUE

Sur la néceſſité d'abolir la Nobleſſe
en France.

ÉPIGRAPHE.

Et la poſtérité d'*Alphane* & *de Bayard*,
Quand elle eſt une roſſe, eſt vendue au haſard.
Boileau, Satyre.

DIALOGUE

*Entre un Noble & un Citoyen, sur la
Noblesse.*

LE CITOYEN.

Vous vous plaignez beaucoup, Monsieur le
    Gentilhomme :
On vous a ménagé ! J'entends, quand on vous
    nomme,
Qu'on vous appelle encor, *Marquis, Comte* ou
    Baron :
Pour moi, je suis un *tel,* ou *Monsieur* sans façon :
Si l'on eût fait pourtant procès à votre titre,
Si l'on eût pris sur-tout la raison pour arbitre,
Vous seriez, comme nous, en vertu des Décrets,
Bourgeois de telle Ville, & Citoyen François.

LE NOBLE.

Quoi ! vous auriez voulu détruire la Noblesse !
C'est confondre, Monsieur, & le genre, & l'espece ;
Vos livres vous ont dit : *Les hommes sont égaux.*

LE CITOYEN.

Ils ont tort !

LE NOBLE.

Mais aussi tous chevaux sont chevaux :
On distingue pourtant *chevaux* de *Normandie*
Et *coursiers* d'*Angleterre* , ou bien d'*Andalousie* !
Moins la race est mêlée, & plus on en fait cas :
Pourquoi voudriez-vous ne nous distinguer pas ?

LE CITOYEN.

Peste, cet argument est presque sans replique !
Vous prenez, je le vois, la Noblesse au physique !
Mais il est des Bourgeois bien tournés, Dieu merci ;
S'ils alloient par hasard vous porter le défi :
La force, la beauté, la taille, la souplesse
Deviendroient, selon vous, des preuves de noblesse.
Le voulez-vous ainsi ? soit ; mais point de quartier !
Le vainqueur *ennobli* ! le vaincu *roturier* !
Si vous vous prévalez d'une certaine grace,
Qu'avec quelque raison, moi, je nomme grimace ;
Des maîtres en cet art ! on vous en trouvera :
Allez, pour un *écu*, les voir à l'*Opéra*.

LE NOBLE.

Voilà du persifflage !

LE CITOYEN.

Et ce ton-là vous blesse :

(5)

Changeons-en ; raisonnons : qu'est-ce que la No-
   blesse ?
Bien des gens répondroient, Monsieur, c'est la vertu !
Moi, je dis, c'est le prix d'un *mérite connu* :
Comme la *probité* seule fait l'*honnête homme*,
Les *services publics* seuls font le *Gentilhomme* :
Si tes Concitoyens, tombant à tes genoux,
Te reconnoissent né pour le bonheur de tous ;
Alors te voilà Noble, & toute preuve est faite :
Ainsi le font *Bailly*, *Necker* & la *Fayette*.
Mais si de ces respects ton fils veut hériter,
Il n'en a qu'un moyen ; c'est de les mériter.

   O vous donc ! qui brûlant du désir de la gloire,
Assiégez les chemins du temple de mémoire,
Jeune homme, parmi nous avant de prendre rang,
Chassez tous préjugés, & de nom, & de sang :
Redoutez cet orgueil qu'inspire la naissance :
Sous le nom de grandeur il produit l'insolence :
Oubliez d'un aïeul l'*opprobre* ou la *vertu* :
Eût-il été *Turenne*, eût-il été *pendu*.
Tout cela n'est pas moins étranger à votre ame
Qu'au vernis du fourreau la trempe de la lame :
Votre mérite à *vous* en *vous* doit se former :
Travaillez maintenant à vous faire estimer ;
Car la Noblesse enfin, s'il faut que je m'explique,
Ou ce n'est *rien*, ou bien c'est l'*estime publique*.

LE NOBLE.

Tous ces raisonnements vous paroissent fort beaux

(6)

Mais je puis cependant les détruire en deux mots.

Que la Noblesse soit, par une loi nouvelle,
Déclarée à jamais *Noblesse personnelle* :
Votre philosophie en souriroit un peu ;
Mais, croyez-moi, l'Etat perdroit fort à ce jeu.

Un homme à la Patrie a rendu des services :
Souvent un tel honneur coute des sacrifices :
Commerçant, au commerce en ouvrant un Canal,
Ses projets l'ont pensé conduire à l'Hôpital !
Guerrier, il est connu pour un bon militaire ;
Mais il a dissipé de grands biens à la guerre !
Ou s'il se fût assis parmi nos Magistrats ;
Dans un métier si noble, on ne s'enrichit pas.
Or supposons cet homme un pere de famille,
Il veut pourvoir son fils, & marier sa fille :
Si d'un pere honoré les services constants
Sous un jour de faveur ne plaçoient ces enfants ;
Si leur nom n'étoit pas pour eux une fortune,
Ou du moins l'instrument pour s'en faire un jour
        une ;
Vous les verriez maudir, en leur besoin urgent,
La sotte vanité de leur pere indigent :
Alors concevez-vous tous les maux qui vont naître ?
Je suis pere, & bon pere, ainsi chacun doit l'être.
« Fuyez, sentiments purs, amour de mon pays ;
» En m'attachant à vous je ruine mon fils. »
Nulle émulation, l'intérêt seul enflamme ;
Un calcul éternel, & plus de grandeur d'ame.

Les titres font, Monfieur, les deniers de l'hon=
    neur :
D'une telle monnoie admirons la valeur :
Des plus nobles travaux elle nous récompenfe,
Et n'augmentera pas le *déficit* en France.

LE CITOYEN.

Comment ce déficit s'eft-il donc augmenté ?
La Nobleffe à l'Etat n'a-t-elle rien couté ?
Qu'en penfez-vous, Monfieur ? J'ai vu des gens
    prétendre
Que l'honneur & l'argent tout étoit bon à prendre :
Puis, s'il faut du paffé juger par le préfent,
Rarement on devint Noble en s'appauvriffant :
Obfervez nos traitants, nos gens falis d'intrigue,
Comme de la roture ils franchiffent la digue.
Ah ! pariez, Monfieur, le pari fera bon,
Qu'un Gentilhomme en France eft iffu d'un fri-
    pon ;
Ajoutez, que cette eau fi bourbeufe à fa fource,
Aura pu quelquefois s'épurer dans fa courfe ;
Mais foutenez toujours que tels & tels Marquis
De leur premier aïeul fi fottement épris ;
Si, de ce même aïeul, ils connoiffoient la vie,
Sans doute rougiroient de fon ignominie ;
Et du moins avec moi convenez que l'Etat
Peut brifer cette idole, & n'être point ingrat.

LE NOBLE.

Mais avouez auffi que parmi la Nobleffe,
S'il eft des troncs pourris, il en eft d'autre efpece,

LE CITOYEN.

D'accord; mais où trouver une fuite d'aïeux,
Soutenant tous l'éclat de leur nom glorieux ?
Le bifaïeul fut grand ; fon fils de lui fut digne ;
Le petit-fils , hélas ! décrit une autre ligne.
N'importe, fuppofons des chaînons fi parfaits,
Qu'on les admire encor en les voyant de près,

Voilà donc de héros une férie immenfe ;
Peuples, contemplez-les avec reconnoiffance ;
Voyez leur rejeton ; l'heureux efpoir pour vous!
C'eft leur fang, c'eft leur fils ; tombez à fes ge-
 noux !
En ce digne héritier, quels mortels vont revivre!
Déja, fi jeune encore , il promet de les fuivre.
Moi-même , & mon hommage , amis, n'eft pas
 fufpect ;
Je ne puis aborder cet enfant fans refpect :
Je baiferois la terre où jadis étoit Rome!
Jugez fi mon cœur bat près du fils d'un grand hom-
 me !
Je chéris ce tranfport, & je l'eftime en moi ;

Mais il convient à l'homme, & non pas à la loi.

Connoiſſez de la loi le caractere auguſte :
Elle eſt ſans paſſions, elle eſt une, elle eſt juſte ;
Et doit-elle adopter nos verſatiles mœurs,
Et nos ſots préjugés, & nos douces erreurs ?

Sages Légiſlateurs, digne eſpoir de la France !
Je crois vous dénoncer l'abus *par excellence.*
Peut-être la raiſon vous parle par ma voix :
Ne conſacrez jamais un abus dans vos Loix ;
Supprimez la Nobleſſe, elle a le double vice ;
Et d'être un ridicule, & d'être une injuſtice.

LE NOBLE.

Bravi ! mais cet avis arrivera trop tard ;
A votre motion on n'aura point égard :
On eſt las aujourd'hui d'abattre, de détruire ;
Et très-décidément on penſe à reconſtruire :
La Nobleſſe eſt jugée un point fondamental.

LE CITOYEN.

Sur un tel fondement on bâtira fort mal :
Malheur aux ouvriers ! malheur à l'édifice !
Je ne lui donne pas cent ans pour qu'il périſſe.

LE NOBLE.

En vérité, Monſieur, vous êtes effrayant !

LE CITOYEN.

Ajoutez effrayé, peut-être clairvoyant.

LE NOBLE.

Mais quels motifs enfin ?

LE CITOYEN.

              Je vais vous les apprendre.
Que tous les bons François ne peuvent-ils m'en-
    tendre !
En ces jours à jamais mémorables pour nous,
Peres de la Patrie , au fait, que voulez-vous ?
Rendre le Peuple heureux, fur-tout le rendre libre,
Dans le tréfor public rétablir l'équilibre ,
Changer d'indignes fers en fraternels liens,
Et porter des Sujets au rang des Citoyens.
Déja le Defpotifme eft banni de la France ;
La licence s'enfuit ; la liberté s'avance :
Mais, quand la liberté regnera parmi nous,
A quels fignes , François, la reconnoîtrez-vous?
Habitants fortunés d'une terre chérie,
Nous ferons tous émus au doux nom de Patrie !
Le vil *efprit de Corps* à ce nom rougira ,
Devant l'*efprit public* il s'anéantira ;
Et tous les intérêts de gloire & de fortune
Viendront fe rallier à la fource commune.

Mais vous favez trop bien quels indignes bri-
    gands,
Sous cent titres divers, ont été nos tyrans.
Gens de Cour, Intendants, Seigneurs altiers, Mi-
    niftres :
Tous leurs noms font connus ; tous leurs noms
    font finiftres :
Mais parmi la Nobleffe eft-il arbres fi beaux,
Dont ces fucs venimeux n'infectent les rameaux ?
Et vous vous flatteriez d'en chaffer la mémoire,
En couvrant ces noms-là des rayons de la gloire !
N'eft-ce pas prononcer que nous ferons contraints
D'aller baifer les fers qu'auront brifés nos mains ?
Craignez, malgré la Loi, les préjugés contraires.
Mais non ; les Citoyens veulent tous être freres ;
Quelques pas vers le peuple, & tout eft pardonné ;
Mais à garder fon titre, un Marquis mutiné
Me femble, au *temps maudit*, donner encor des
    larmes :
C'eft l'ennemi vaincu ; mais fans rendre les armes ;
Et c'eft déja laiffer dans un Empire heureux
De méfintelligence un germe dangereux.

LE NOBLE.

Mon Dieu ! raffurez-vous, on fera Philofophe :
Contre les gens titrés aujourd'hui l'on s'échauffe ;
Alors on rira d'eux, ou bien peut-être, hélas !
Ils vivront dans l'Etat comme n'y vivant pas.

LE CITOYEN.

Fi, cet efpoir eft lâche; il gâte notre caufe!
En attaquant l'intrigue à l'intrigue il difpofe:
Pleurons fur un pays où le zele du bien
Ote à des Citoyens le droit de Citoyen :
Pour maintenir la paix, c'eft un moyen factice;
Et voilà la Nobleffe un germe d'injuftice:
Ne nous réduifons pas à cette extrémité;
Supprimez la Nobleffe, & tout eft évité.

Gentilhomme, dis-moi ce qui te défefpere :
Tu ne feras plus noble, & tu feras mon frere;
Tu te croiras déchu : d'accord; tu déchoiras;
Mais adoucis ta chute en tombant dans nos bras!
Ton orgueil eft bleffé ; l'amour-propre fe pique;
Il faut fouffrir un peu pour la chofe publique :
Ce mal, dont tu gémis, doit devenir un bien :
Un Noble fut toujours un mauvais Citoyen.

LE NOBLE.

Un mauvais Citoyen! Ah! Monfieur, quel blaf-
phême!
Voyez où vous égare un efprit de fyftême :
Confultez notre Hiftoire, & craignez d'être ingrat:
De tous temps la Nobleffe a bien fervi l'Etat :
Prodigue de fon fang, elle court le répandre.

LE CITOYEN.

Ah! je conviens qu'elle a de l'honneur à re-
    vendre :
Apparemment auſſi, Monſieur, que nos *Soldats*
Ne ſont pas des *Marquis*, & ne reculent pas;
Mais avant de crier, à l'injure! au ſcandale!
Vous-même, s'il vous plaît, conſultez la morale:
Vous y verrez, Monſieur, combien la vanité,
Dans notre ame endurcie, éteint l'humanité!
Or les Nobles ſont vains, les Nobles nous mépri-
    ſent :
Les uns en font l'aveu, les autres le déguiſent:
Apparent ou caché, ce mépris eſt certain!
Que faut-il cependant penſer de ce dédain?
Douteriez-vous qu'il fût produit par l'habitude
Du plus ſot égoïſme & de l'ingratitude?
Tu mépriſes le peuple, imbécille, & pourquoi?
Le Peuple te nourrit, il a tout fait pour toi;
De ce mépris du moins explique-moi la cauſe:
Un Roturier n'eſt rien, un Noble eſt quelque choſe.
Sur ce bel argument fondes-tu ton mépris?
Et conſerverons-nous des Nobles à ce prix?
    Ce ſeroit pis bientôt; ſi mon eſpoir échoue,
Tous nos Paons rengorgés en feront mieux la roue.
    Eh quoi! nous aurons pu, dans nos ſaintes fu-
    reurs,
Sur mille & mille abus porter nos bras vengeurs:

Nous les aurons brûlés jufques en leurs racines ;
Et debout, immobile au milieu des ruines,
La Nobleffe, elle feule, échappée à nos coups,
Verra donc à fes pieds mourir notre courroux !
Devons-nous efpérer de fa reconnoiffance
Un tout autre tribut qu'un furcroît d'arrogance ?
Hélas ! j'entends déja fa fotte vanité
Se faire un nouveau droit de cette impunité :
Déja je vois le Peuple, imbécille ou frivole,
Baiffer plus lâchement fon front devant l'idole ;
Et nous ferons en France, après tant de travaux,
Les uns plus infolents, & les autres plus fots.

En Politique enfin je m'égare peut-être ;
Mais qui de vous, François, ofera me promettre
Que nous ne verrons pas les Nobles quelque jour
Du regne des tyrans ménager le retour ?
Ne nous y trompons pas, amis ; la loi nouvelle
Sera pour eux l'objet d'une haine éternelle.
L'orgueil trouvoit fi doux de dire *mes vaffaux* !
C'étoit un fi bon bien que des droits *féodaux* !
Et puis des penfions, & puis un privilege ;
Tant d'honneurs exclufifs, & puis enfin que fais-je !
Tout cela ne peut pas fe perdre fans douleur :
Le levain du regret s'attache au fond du cœur :
Ce levain tôt ou tard, & s'aigrit, & fermente ;
On efpere, on intrigue, on guette, on fe tourmente
Attendrons-nous qu'enfin le coup ait éclaté ?
Ah ! prenons pour rempart une loi d'unité !

Que tous les Citoyens ne forment qu'une claffe;
Refoulons la Nobleffe avec nous dans la maffe!
Que pourrions-nous alors craindre des mécontents?
Ils feront défunis & ferrés dans nos rangs;
Mais ne laiffons jamais une horde précaire
Former dans notre armée une armée étrangere.
L'unité! l'unité! fes précieux effets
Sont la force, l'amour, le bonheur & la paix.

F I N.

Il n'eft pas befoin d'avertir le Lecteur que cette bagatelle étoit compofée bien avant le dix-neuf Mai , jour du Décret portant *abolition* de la Nobleffe héréditaire. Voilà ce qui nous arrive à nos autres penfeurs; l'Affemblée-Nationale a déja exécuté , quand nous en fommes encore à nous avifer.